Theodor Storm

Es weihnachtet sehr

Theodor Storm

Es weihnachtet sehr

Ein Bilder-Lesebuch

benno

Bibliografische Information der Deutschen Nationalbibliothek
Die Deutsche Nationalbibliothek verzeichnet diese Publikation in der Deutschen Nationalbibliografie; detaillierte bibliografische Daten sind im Internet unter: http://dnb.d-nb.de abrufbar.

Besuchen Sie uns im Internet:
www.st-benno.de

Gern informieren wir Sie unverbindlich und aktuell auch in unserem Newsletter zum Verlagsprogramm, zu Neuerscheinungen und Aktionen.
Einfach anmelden unter **www.st-benno.de.**

ISBN 978-3-7462- 5083-0

Herausgeber: Hermann Multhaupt, Paderborn
Umschlaggestaltung: BIRQDESIGN, Dresden
Gesamtherstellung: Kontext, Lemsel (A)

Vorfreude ist
die schönste
Freude

Mandeln und Zitronat für die Weihnachtskuchen

Mein lieber Freund! Es wird Weihnachten; vergnügte Weihnachten also! Das ganze Haus riecht schon nach braunen Kuchen – nach dem Rezept meiner Mutter –, und ich sitze, sozusagen, schon seit einer halben Woche im Schein des Tannenbaums. Wie ich den Nagel meines Daumens jetzt besehe, so ist er auch halbwegs vergoldet; denn ich arbeite abends jetzt nur in Schaumgold, Knittergold und bunten Papieren; und während ich Netze schneide, Tannen- und Fichtenäpfel vergolde und die Frauen, d. h. meine und Fräulein Rosa Stein, die bei uns überwintert, die Puppe für Klein-Lisbeth ausputzen, liest Onkel Otto, d. h. mein Bruder Gärtner, uns die „Klausenburg“ von Tieck oder eine andre schöne Spukgeschichte vor oder auch eine Probe aus den Bilderbüchern von Corrodi, die Hans und Ernst auf den Teller gelegt werden sollen.
Gestern Abend habe ich sogar den Frauen Mandeln und Zitronat für die Weihnachtskuchen ha-

cken helfen; auch Kardamom dazugestoßen und Hirschhornsalz, mit welchem letzteren man sich in einem messingenen Mörser sehr in Acht nehmen muss; den Vormittag war ich stundenlang im Walde umhergekrochen, um die Tannäpfel zu suchen; ja Ihr hättet mich sogar mit meinem dicken Winterpelz hoch oben in einer Tannen sitzen sehen können, um einen besonders schönen Zapfen abzubrechen. Freilich hatte ich mich vorher gehörig umgesehen; denn der Herr Kreisrichter durfte sich doch nicht auf ganz offenbarem Waldfrevel ertappen lassen. Jeden Morgen kommt der Postbote und bringt Päckchen und Briefe aus der Heimat und der Fremde, von Freunden und Verwandten; die Weihnachtszeit ist doch noch grade so schön, wie sie in meinen Kindertagen war. Wenn nur noch Schnee kommen wollte; wir wohnen hier außer der Stadt zwischen den Bergen; da würde der Weihnachtsbaum, wenn er erst brennt, prächtig in die Winterlandschaft hinausleuchten.

Brief an Friedrich Eggers. 20. Dezember 1856 aus Heiligenstadt.

Alle Stuben stecken voll Geheimnis

Es ist nach 10 Uhr Abends. Draußen heult der Oststurm und stöbert der Schnee; Mama und die Kinder sind zu Bett; in meinem behaglichen Zimmer mit der geschnitzten Decke, das ich vor neun Jahren mir selbst gedichtet, sitzt meine Älteste, Lisbeth, meine treffliche geliebte Tochter, ihres Bruders Ernst Liebling, mir gegenüber und legt die letzte Hand an ein Weihnachts-Spitzen-Kunstwerk für unsere Mama; Sonnabend, wenn wir beim Vergolden, Netzeschneiden und Baumaufputzen sind, kommt dann der Referendar Ernst aus Kiel, selbst ein leidenschaftlicher Weihnachtsmann. Alle Stuben stecken voll Geheimnis, oben und unten stößt man mit der Nase auf verschlossne Türen. Passt es nicht zu dieser Weihnachtsstimmung, dass ich dieser Tage aus meinen Büchern zum Nachmittagslesen einen Band Fouqué herausgriff? „Waldemar der Pilger, ein Trauerspiel in fünf Aufzügen." Eine wunderbar kindliche Welt;

aber alles voll anheimelnder Stimmung; eine Luft, ein goldner Abendschein, wie es einst in einer weit hinter uns liegenden Gegend um uns war, wo wir uns einst als Kinder still und glücklich fühlten. Lies nur im zweiten Aufzug von „Eginhard und Emma“ die paar Worte, wo der Kaiser nachts am Fenster steht. Das ist es, was ich meine.

Brief an Paul Heyse. 20. Dezember 1876 aus Husum.

„Wir leben wie die Engel im Himmel miteinander …“

Hier sitze ich bei meinem kleinen Hans in der Dämmerung des Krankenzimmers und sende Euch meinen Weihnachtsgruß. Er ist bunt wie ein Tiger, hustet viel, ist übel; kann aber doch noch einen Witz machen. Die andern drei sind auch schon etwas wackelig, und Ernst, der gestern dabei war, seine Weihnachtsbriefe an Euch und nach Husum zu entwerfen, hat das gänzlich aufgeben müssen. Sophie ist uns unter diesen Umständen eine rechte Hilfe. Wir leben wie die Engel im Himmel miteinander; sie ist ein so gutes und verständiges Mädchen; wer mit ihr nicht auskommt, ist gewiss selber schuld; noch habe ich keine Spur von Launen an ihr bemerkt. Dabei hat sie einen vortrefflichen Verstand, und Interesse für alle geistige Nahrung, die man ihr bietet. Ich denke, wir wollen, wenn nur die Masern erst überstanden sind, noch recht behagliche Stunden und Abende zusammen verleben. Auf ihren Weihnachtsteller werde ich ihr Hebels Gedichte ins Hochdeutsche

übertragen von Robert Reinick mit Bildern von Ludwig Richter und als Zugabe 1 Exemplar der ersten Ausgabe meiner Gedichte legen.
Für Constanze habe ich außer dem Vaterunser von L. Richter und einem echten Lübschen Marzipan (ihre Leidenschaft) ein kleines zierliches Mahagoni-Lesepult, und darauf wird liegen: sauber gebunden, von Sophiens zierlicher Hand geschrieben, meine neue Novelle (so neu, dass ich noch die letzte Hälfte des letzten Kapitels dazu schreiben muss), ‚*Auf dem Staatshof*'…
Meine Muse hat so lange geschwiegen, dass ich mir dies Mal die Freude versagen muss, Euch und den Husumern etwas von meinen Geistesprodukten zukommen zu lassen. Jetzt scheint's noch einmal wieder zu fließen; ich habe mich aber neben meinen Amtsarbeiten die letzte Zeit halb kaputtgearbeitet, um das Ziel zu Weihnachten zu erreichen, und Sophie ist immer mein treuer Kopist gewesen.

Brief an die Schwiegereltern. 21. Dezember 1857 aus Heiligenstadt.

Knecht Ruprecht

Ruprecht:
Habt guten Abend, Alt und Jung,
bin allen wohl bekannt genug.
Von drauß vom Walde komm ich her;
ich muss euch sagen, es weihnachtet sehr!
All überall auf den Tannenspitzen
sah ich goldene Lichtlein sitzen;
und droben aus dem Himmelstor
sah mit großen Augen das Christkind hervor.
Und wie ich so strolcht durch den finsteren Tann,
da rief's mich mit heller Stimme an:
Knecht Ruprecht, rief es, alter Gesell,
hebe die Beine und spute dich schnell!
Die Kerzen fangen zu brennen an,
das Himmelstor ist aufgetan,
Alt und Junge sollen nun
von der Jagd des Lebens einmal ruhn;
und morgen flieg ich hinab zur Erden,
denn es soll wieder Weihnachten werden!
So geh denn rasch von Haus zu Haus,

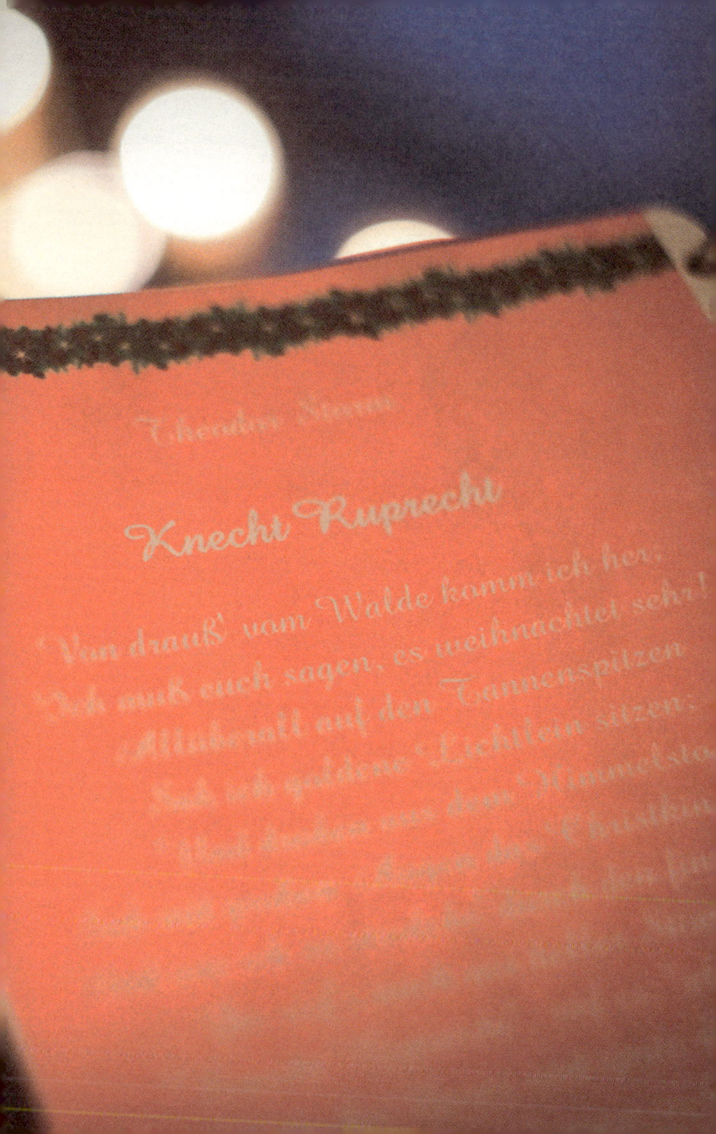
Knecht Ruprecht
Von drauß' vom Walde komm ich her,
Ich muß euch sagen, es weihnachtet sehr!

such mir die guten Kinder aus,
damit ich ihrer mag gedenken,
mit schönen Sachen sie mag beschenken.
Ich sprach: O lieber Herre Christ,
meine Reise fast zu Ende ist.
Ich soll nur noch in diese Stadt,
wo's eitel gute Kinder hat.
Hast denn das Säcklein auch bei dir?
Ich sprach: Das Säcklein, das ist hier,
denn Äpfel, Nuss und Mandelkern
essen fromme Kinder gern.
Hast denn die Rute, auch bei dir?
Ich sprach: die Rute die ist hier.
Doch für die Kinder, nur die schlechten,
die trifft sie auf den Teil, den rechten.
Christkindlein sprach: So ist es recht.
So geh mit Gott, mein treuer Knecht!
Von drauß, vom Walde komm ich her,
ich muss euch sagen, es weihnachtet sehr!
Nun sprecht, wie ich's hierinnen find:
sind's gute Kind, sind's böse Kind?

Vater:
Die Kindlein sind wohl alle gut,
haben nur mitunter was trotzigen Mut.
Ruprecht:
Ei, ei, für trotz'gen Kindermut
ist meine lang Rute gut!
Heißt es bei euch denn nicht mitunter:
Nieder den Kopf und die Hosen herunter?
Vater:
Wie einer sündigt, so wird er gestraft;
die Kindlein sind schon alle brav.
Ruprecht:
Stecken sie die Nas auch tüchtig ins Buch,
lesen und schreiben und rechnen genug?
Vater:
Sie lernen mit ihrer kleinen Kraft,
wir hoffen zu Gott, dass es endlich schafft.
Ruprecht:
Beten sie denn nach altem Brauch
im Bett ihr Abendsprüchlein auch?
Vater:
Neulich hört ich im Kämmerlein

eine kleine Stimme sprechen allein;
und als ich an die Tür getreten,
für alle Lieben hört ich sie beten.

Ruprecht:

So nehmet denn Christkindleins Gruß,
Kuchen und Äpfel, Äpfel und Nuss;
probiert einmal von seinen Gaben,
morgen sollt ihr was Besseres haben.
Dann kommt mit seinem Kerzenschein
Christkindlein selber zu euch herein.
Heut hält es noch am Himmel Wacht;
nun schlafet sanft, habt gute Nacht.

1862 in Heiligenstadt

Alles liegt parat ...

Da bin ich, lieber Freund, um Ihnen, so gut es durch so viel Ferne geschehen kann, zu dem mir ewig jungen Kindheitsfeste die Hand zu schütteln. Unten spielt meine Jüngste allerlei süße Melodien, und im ganzen Hause weihnachtet es sehr. Zwei Tage lang nichts als Kisten gepackt und Pakete gemacht und Weihnachtsbriefe an Alt und Jung in alle Welt gesendet; ich habe diesmal nur meine zwei Jüngsten, die Gertrud und Dodo zu Haus, und morgen kommt aus Varel noch mein Musikus, d. h. Musiklehrer. Aber die breitästige, 12 Fuß hohe Tanne steht schon im großen Zimmer, an den letzten Abenden ist fleißige Hausarbeit gehalten: der goldne Märchenzweig, dito die Traubenbüschel des Erlensamens und große Fichtenzapfen, an denen diesmal lebensgroße Kreuzschnäbel von Papiermaschee sich anklammern werden, während zwei desgleichen Rotkehlchen neben ihrem Nest mit Eiern im Tannengrün sitzen, feine weiße Netze, deren Inhalt sorgsam in

Gold- und andere nach Lichtfarben gewählte Papiere gewickelt ist, alles liegt parat, und morgen helfe ich den Baum schmücken.
Wenn dann aber am Weihnachtsabend die Lichter brennen und die Kinder ihr Weihnachtslied anstimmen, dann überfällt's mich doch: Wo sind sie alle, die sich einst mit mir gefreut? – Antwort: wo auch ich bald sein werde. – Und das Geschick deiner Lieben? – ·Ein ewiges Dunkel für dich.
Lieber Freund, ich werde sentimental, und das schickt sich eigentlich nicht für alte Leute. Also will ich Ihnen lieber erzählen, dass ich mir C. E Meyers' Gedichte und, um ihn nach Gebühr zu ehren, auch seinen Jürg Jenatsch zu Weihnacht geschenkt habe. Letzteren habe ich noch nicht, in Ersterem aber schon manches und mit rechter Freude gelesen, auch wiederholt schon vorgelesen, wozu sich die Sachen, wie Sie schon schrieben, teilweise besonders eignen. So von dem Wenigen, was ich noch gelesen „Das Münster", „Der Hengert", „Erntegewitter"; es wird sich noch manches finden. Wenn Sie aber früher meinten,

der Band werde eins der formell schönsten Liederbücher werden, so werden Sie jetzt, wo es vorliegt, wohl anders denken: Ein Lyriker ist er nicht; dazu fehlt ihm der unmittelbare, mit sich fortreißende Ausdruck der Empfindung, oder auch wohl die unmittelbare Empfindung selbst. Sie muss bei ihm erst den Weg durch den Stoff nehmen, dann tritt sie oft überraschend zutage, so in dem Gedichte „Die gezeichnete Stirn", auch trefflich zum Vorlesen. Mich freut der Besitz dieses Buches, man hat doch einmal wieder etwas in der Hand, was bei einer Gedichtsammlung lange nicht der Fall gewesen ist. Sorgen Sie nur, dass die Ihre wenigstens im nächsten Jahre kommt; ich bin umso neuer dazu, weil ich die beiden Bände von 1846 und 1854 besitze.

Doch genug für heute. Die Meinen grüßen Sie mit mir. Möge auch über Sie die Märchenstille dieses Festes kommen, einerlei ob von dem Kinde in der Krippe oder von unsern alten schönen Götterfrauen, die in den Zwölften Umzug halten. Vor allen Dingen auch möge Ihr treu Geschwister sich mit

Ihnen in gefestigter Gesundheit der Festesruhe freuen!

Brief an Gottfried Keller. 22. Dezember 1882 aus Hademarschen.

Allein in Berlin – ein trostloses Weihnachten

Theodor Storm kam kurz vor Weihnachten 1852 von Husum nach Berlin, um sich hier dem preußischen Justizministerium vorzustellen. Er verbrachte das Fest ohne seine Familie, wurde zwar von entfernten Verwandten und Freunden eingeladen, doch konnten sie ihm die häuslichen Festtage nicht ersetzen.

Reinhardts Hotel

Deinen Brief, meine Constanze, erhielt ich gestern. Ihr seid ja, Gott sei Dank, alle wohl. Rührend war mir Dein sorgenvolles Aufzählen der kleinen Ausgaben, während das Geld mir hier so im Großen durch die Finger fällt. Wie ich rennen und laufen und antichambrieren muss, ersiehst Du aus dem Reisebericht; diese offiziellen Visiten nehmen den Tag weg bis mittags 3 Uhr, nach dem Essen ist es dunkel. Wir haben es daher noch nicht erreicht, die Museen sehen

zu können, und Fritz wird am 26. ohne das abreisen; denn in den Festtagen ist nichts offen. Ballett und Schauspiel sahen wir. Davon zu Hause. Vorgestern trafen wir verabredetermaßen mit der Duncker'schen Familie in dem kolossalen Kroll'schen Etablissement zusammen, und aßen mit ihm, Frau (sehr feine, hübsche Berlinerin), Gouvernante und drei Töchtern (8 bis 12 Jahre) zu Abend; dann gingen wir im prächtigen Mondschein um 11 Uhr zusammen nach Hause. Übrigens bin ich heute Abend auf drei Stellen, bei Kretzschmer, Duncker und, durch ein zärtliches Billett von Mimi, bei Wartenberg zur Kinderfreude eingeladen. Zu den beiden ersten Stellen, die ich zuerst zusagte, werde ich wohl ein Stündchen hingehen. Mimi liegt mir zu weit weg. Aber mein Herz ist mir inwendig recht ein bisschen entzwei. – Mein Ernemann, mein Bursche klein, Papa ist ganz allein, allein, er sitzt und denkt immer an Mama und Hans und Ernemann. Auf den Straßen ist der schönste Wintersonnenschein, alles läuft mit Tannenbäumen und Py-

ramiden und Spielsachen, die aus den Taschen herausgucken, oder lässt es sich durch Bediente nachtragen. In einem Ladenfenster steht der Weihnachtsniklas in Lebensgröße, mit langem Bart und Rute und Spielsachen. – Und Du und meine kleinen Kinder, ihr mit Eurer bescheidenen Weihnachtsfreude, zu der ich diesmal gar nichts beitragen kann, mein Herz, mein süßes Herz, ist mir recht schwer.

Weihnachtssonntag, 2 Uhr

Der Weihnachtsabend wäre denn überstanden. Das war der trübseligste, den ich noch erlebt. Das Schattenbild unserer heimatlichen Weihnachtsfreude stand mir immer vor Augen; und mir war immer, als fühlte ich, Du seist nun tiefbetrübt; und es war auch nicht das kleinste Zeichen von mir auf Eurem Tisch, nicht einmal ein Brief. Könnte ich nur eine, eine Stunde bei Euch sein, um mein Herz zu stärken für diese fatale Geschäftigkeit. Wie bin ich hier so allenthalben übrig und lästig! Und doch werde ich so geliebt und bin Euer bestes Glück. Kretzschmers sind mir freilich mit alter Herzlichkeit entgegengekommen; sie haben jetzt nur so viele Kinder, sonst würde ich auch dort logieren. Ich blieb denn auch gestern Abend da hängen, ich konnte mich nicht entschließen, von mir so vertrauten Menschen zu Dunckers zu gehen. Die Frau meinte, ich wäre ihr nun schon grad' wie ein Vetter und Verwandter. Die Weihnacht war wie bei uns, teilweise etwas kostbarer, aber verständig und ohne alle Ostentation. Die Kinder waren selig, ein reizendes kleines Mädchen, Du hättest sehen sollen, wie sie mit ihrem Kochgeschirr hantierte; der älteste Junge, Theodor, gemütlich, wohl Hans ähnlich, küsste seine Eltern und versicherte ein Mal über das andere, bessere Eltern als seine gäbe es in der Welt nicht. Eine alte Dame mit ihrer Nichte (Letztere Musikerin von Fach), getaufte Jüdinnen, sehr nett, die alte, die hübscheste, liebenswürdigste Matrone, die ich gesehen, teilten die Freude als Hausgenossen und Bekannte. Zuletzt blieb ich bis 11½ Uhr allein bei Kr. und Frau; unser unerschöpfliches Thema waren unsre Kinder; Deine Gesundheit in sehr gutem Punsch wurde nicht vergessen.

Brief an die Familie. 24. Dezember 1852 aus Berlin

Weihnachtsabend

Die fremde Stadt durchschritt ich sorgenvoll,
der Kinder denkend, die ich ließ zu Haus.
Weihnachten war's, durch alle Gassen scholl
der Kinder Jubel und des Markts Gebraus.

Und wie der Menschenstrom mich fortgespült,
drang mir ein heiser Stimmlein in das Ohr:
„Kauft, lieber Herr!" Ein magres Händchen hielt
feilbietend mir ein ärmlich Spielzeug vor.

Ich schrak empor, und beim Laternenschein
sah ich ein blasses Kinderangesicht;
wes Alters und Geschlechts es mochte sein,
erkannt ich im Vorübergehen nicht.

Nur von dem Treppenstein, darauf es saß,
noch immer hört ich, mühsam, wie es schien:
„Kauft, lieber Herr!“, den Ruf ohn Unterlass;
doch hat wohl keiner ihm Gehör verliehn.

Und ich? War's Ungeschick, war es die Scham,
am Weg zu handeln mit dem Bettelkind?
Eh' meine Hand zu meiner Börse kam,
verscholl das Stimmlein hinter mir im Wind.

Doch als ich endlich war mit mir allein,
erfasste mich die Angst im Herzen so,
als säß' mein eigen Kind auf jenem Stein
und schrie nach Brot, indessen ich entfloh.

1852 in Berlin

Heilige Weihnachtsnacht

Unter dem Tannenbaum

Eine Dämmerstunde

Es war das Arbeitszimmer eines Beamten. Der Eigentümer, ein Mann in den Vierzigern, mit scharf ausgeprägten Gesichtszügen, aber milden, lichtblauen Augen unter dem schlichten, hellblonden Haar, saß an einem mit Büchern und Papieren bedeckten Schreibtisch; damit beschäftigt, einzelne Schriftstücke zu unterzeichnen, welche der daneben stehende alte Amtsbote ihm überreichte. Die Nachmittagssonne des Dezembers beleuchtete eben mit ihrem letzten Strahl das große, schwarze Tintenfass, in das er dann und wann die Feder tauchte. Endlich war alles unterschrieben.

„Haben Herr Amtsrichter sonst noch etwas?„, fragte der Bote, indem er die Papiere zusammenlegte.

„Nein, ich danke Ihnen.„

„So habe ich die Ehre, vergnügte Weihnachten zu wünschen."

„Auch Ihnen, lieber Erdmann."

Als sein Untergebener sich entfernte, nahm er unter den Papieren einen angefangenen Brief hervor und schrieb langsam daran weiter.
Die Schatten im Zimmer fielen immer tiefer. Er sah nicht die schlanke Frauengestalt, die hinter ihm mit leisen Schritten durch die Tür getreten war; er bemerkte es erst, als sie den Arm um seine Schulter legte. „Schreibst du an meinen Bruder?“, fragte sie.
Er nickte. „Lies nur selbst!“, sagte er, indem er die Feder fortlegte und zu ihr empor sah.
Sie beugte sich über ihn herab; denn es war schon dämmerig geworden: „Ich bin wieder gesund und arbeitsfähig, – glücklicherweise; denn das ist die Not der Fremde, dass man den Boden, worauf man steht, sich in jeder Stunde neu erschaffen muss. So schlecht es immer sein mag, darin habt ihr es doch gut daheim; und wer wäre nicht gern geblieben, wenn er nur ein Stück Brot und jenes unentbehrliche sanfte Ruhekissen des alten Sprichworts sich hätte erhalten können. Der guten und klugen Frau, die Du vorige Weihnachten

bei uns hast kennenlernen, bin ich so glücklich gewesen, durch die Vermittlung eines Vergleichs mit ihrem Gutsnachbarn einen wirklichen Dienst zu leisten; der schöne, so sehr von ihr begehrte Wald ist seit Kurzem endlich in ihren Besitz gelangt. Hätten wir morgen für Deinen Freund Harro nur eine Tanne aus diesem Walde! Denn hier ist viele Meilen in die Runde kein Nadelholz zu finden. Was aber ist ein Weihnachtsabend ohne jenen Baum mit seinem Duft voll Wunder und Geheimnis!“

„Aber du“, sagte der Amtsrichter, als seine Frau gelesen hatte, „du bringst in deinen Kleidern den Duft des echten Weihnachtsabends!“ Sie langte lächelnd in den Schlitz ihres Kleides und legte ein großes Stück braunen Weihnachtskuchen vor ihm auf den Tisch. „Sie sind eben vom Bäcker gekommen“, sagte sie, „prob nur; deine Mutter backt sie dir nicht besser!“

„Was für gute Geister aus diesem Kuchen steigen“, sagte er, sich in seinen Arbeitsstuhl zurücklehnend; „ich sehe plötzlich, wie es daheim in dem alten, steinernen Hause Weihnacht wird. Die Messingtürklinken sind womöglich noch blanker als sonst; die große gläserne Flurlampe leuchtet heute noch heller auf die Stuckschnörkel an den sauber geweißten Wänden; ein Kinderstrom um den andern, singend und bettelnd, drängt durch die Haustür; vom Keller herauf aus der geräumigen Küche zieht der Duft des Gebäckes in ihre Nasen, das dort in dem großen kupfernen Kessel über dem Feuer prasselt. Ich sehe alles; ich sehe Vater und Mutter – Gott sei gedankt, sie leben beide! – aber die Zeit, in die ich hinabblicke, liegt in so tiefer Ferne der Vergangenheit! Ich bin ein Knabe noch! – Die Zimmer zu beiden Seiten des Flurs sind erleuchtet; rechts ist die Weihnachtsstube. Während ich vor der Tür stehe, horchend, wie es drinnen in dem Knittergold und in den Tannenzweigen rauscht, kommt von der Hoftreppe herauf der Kutscher, eine Stange mit einem Wachslichtendchen in der Hand. ‚Schon anzünden, Thomas?' Er schüttelt schmunzelnd den Kopf und verschwindet in die Weihnachtsstube.

– Aber wo bleibt denn Onkel Erich? Da kommt es draußen die Treppe hinauf; die Haustür wird aufgerissen. Nein, es ist nur sein Lehrling, der die lange Pfeife des ‚Herrn Ratsverwandters' bringt; ihm nach quillt ein neuer Strom von Kindern; zehn kleine Kehlen auf einmal stimmen an: ‚Vom Himmel hoch, da komm ich her!' Und schon ist meine Großmutter mitten zwischen ihnen, die alte, geschäftige Frau, den Speisekammerschlüssel am kleinen Finger, einen Teller voll Gebäckes in der Hand. Wie blitzschnell das verschwindet! Auch ich erwische meinen Teil davon, und eben kommt auch meine Schwester mit dem Kindermädchen, festlich gekleidet, die langen Zöpfe frisch geflochten. Ich aber halte mich nicht auf; ich springe drei Stufen auf einmal die Treppe nach dem Hofe hinab."

Es war allmählich dunkel geworden; die Frau des Amtsrichters hatte leise einen Aktenstoß von einem Stuhl entfernt und sich an die Seite ihres Mannes gesetzt.

„Drüben in dem Seitengebäude ist das Arbeitszimmer meines Vaters. Auf die Vordiele dort fällt heute kein Lichtschein aus dem Türfenster der Schreiberstube; der alte Tausendkünstler ist von meiner Mutter drinnen bei den Weihnachtsgeheimnissen angestellt. Aber ich tappe mich im Dunkeln vorwärts; denn gegenüber in seinem Zimmer höre ich die Schritte meines Vaters. Er arbeitet schon nicht mehr. Ich öffne leis die Tür; wie deutlich sehe ich ihn vor mir, ihn selbst und das große, verräucherte Gemach, in dem der harte Schlag der alten Wanduhr pickt! Mit einer feierlichen Unruhe geht er zwischen den mit Papieren bedeckten Tischen umher, in der einen Hand den Messingleuchter mit der brennenden Kerze, die andere vorgestreckt, als solle jetzt alles Störende ferngehalten werden. Er öffnet die Schublade seines kleinen Stehpults, aus dem Geldkörbchen werden blanke Silbermünzen für die Dienstboten hervorgesucht, eine Goldmünze für den Schreiber. ‚Ist Onkel Erich schon da?' fragte er, ohne sich nach mir umzusehen. – ‚Noch nicht, Vater! Darf ich ihn holen?' – ‚Das könntest du ja tun.'

Und fort renne ich durch das Wohnhaus auf die Straße, um die Ecke am Hafen entlang, und während ich drunten aus der Dämmerung das Pfeifen des Windes in den Tauen der Schiffe höre, habe ich das alte Giebelhaus mit dem Vorbau erreicht. Die Tür wird aufgerissen, dass die Klingel weithin durch Flur und Pesel schallt. Vor dem Ladentisch steht der alte Kommis, der das Detailgeschäft leitet. Er sieht mich etwas grämlich an. ‚Der Herr ist in seinem Kontor', sagt er trocken; er liebt die wilde naseweise Range nicht. Aber, was geht's mich an. Fort mach ich hinten zur Hoftür hinaus, über zwei kleine finstere Höfe, dann in ein uraltes seltsames Nebengebäude, in welchem sich das Allerheiligste des Onkels befindet. Ohne Unfall komme ich durch den engen dunklen Gang und klopfe an eine Tür. ‚Herein!' Da sitzt der kleine Herr in dem feinen braunen Tuchrock an seinem mächtigen Arbeitspult; der Schein der Kontorlampe fällt auf seine freundlichen kleinen Augen und auf die mächtige Familiennase, die über den frischgestärkten Vatermördern hinausragt. ‚Onkel, ob

du nicht kommen wolltest?‘, sage ich, nachdem ich Atem geschöpft habe. – ‚Wollen wir uns noch einen Augenblick setzen!‘, erwiderte er, indem seine Feder summierend über das Folium des aufgeschlagenen Hauptbuches hinabgleitet. Mir wird ganz behaglich zusinne, ich werde nicht ein bisschen ungeduldig; aber ich setze mich auch nicht; ich bleibe stehen und besehe mir die Englands- und Westindienfahrer des Onkels, deren Bilder an der Wand hängen. Es dauert auch nicht lange, so wird das Hauptbuch herzhaft zugeklappt, das Schlüsselbund rasselt und: ‚Sieh so‘, sagt der Onkel, ‚fertig wären wir!‘ Während er sein spanisches Rohr aus der Ecke langt, will ich schon wieder aus der Tür; aber er hält mich zurück. ‚Ah, wart doch mal ein wenig! Wir hätten hier wohl noch so etwas mitzunehmen.‘ Und aus einer dunkeln Ecke des Zimmers holt er zwei wohlversiegelte, geheimnisvolle Päckchen. – Ich wusste es wohl, in solchen Päckchen steckte ein Stück leibhaftigen Weihnachtens; denn der Onkel hatte einen Bruder in Hamburg, und er trat nicht mit leeren Händen

an den Tannenbaum. So nie gesehenes, märchenhaftes Zuckerzeug, wie er mitten in der Bescherung noch mir und meiner Schwester auf unsere Weihnachtsteller zu legen pflegte, ist mir später niemals wieder vorgekommen.

Bald darauf steige ich an der Hand des Onkels die breite Steintreppe zu unserm Hause hinauf. Ein paar Augenblicke verschwindet er mit seinen Päckchen in die Weihnachtsstube; es ist noch nicht angezündet, aber durch die halb geöffnete und rasch wieder geschlossene Tür glitzert es mir entgegen aus der noch drinnen herrschenden ahnungsvollen Dämmerung. Ich schließe die Augen, denn ich will nichts sehen, und trete in das gegenüberliegende, festlich erleuchtete Zimmer, das ganz von dem Duft der braunen Kuchen und des heute besonders fein gemischten Tees erfüllt ist. Die Hände auf dem Rücken mit langsamen Schritten geht mein Vater auf und nieder. ‚Nun, seid ihr da?‘, fragt er stehenbleibend. Und schon ist auch Onkel Erich bei uns; mir scheint, die Stube wird noch einmal so hell, als er eintritt.

Er grüßt die Großmutter, den Vater; er nimmt meiner Schwester die Tasse ab, die sie ihm auf dem gelblackierten Brettchen präsentiert. ‚Was meinst du', sagt er, indem er seinen Augen einen bedenklichen Ausdruck zu geben sucht, ‚es wird wohl heute nicht viel für uns abfallen!' Aber er lacht dabei so tröstlich, dass diese Worte wie eine goldene Verheißung klingen. Dann, während in dem blanken Messingkomfort der Teekessel saust, beginnt er eine seiner kleinen Erzählungen von den Begebenheiten der letzten Tage, seit man sich nicht gesehen. Dies harmlose Geplauder – es ist mir das erst später klar geworden – war die Art, wie der tätige Geschäftsmann von der Tagesarbeit ausruhte. Es klingt mir noch lieb in der Erinnerung, und mir ist, als verstünde das jetzt niemand mehr. – Aber während der Onkel so erzählt, steckt meine Mutter, die seit Mittag unsichtbar gewesen ist, den Kopf ins Zimmer. Der Onkel macht ein Kompliment und bricht seine Geschichte ab; die Tür und die gegenüberliegende Tür werden weit geöffnet. Wir treten zögernd ein; und vor uns, zurückgestrahlt von dem großen Wandspiegel, steht der brennende Baum mit seinen Flittergoldfähnchen, seinen weißen Netzen und goldenen Eiern, die wie Kinderträume in den dunkeln Zweigen hängen." –

„Paul", sagte die Frau, „und wenn wir ihn noch so weit herbeischaffen sollten, wir müssen wieder einen Tannenbaum haben. Der arme Junge hat sich selbst einen Weihnachtsgarten gebaut; er ist nur eben wieder fort, um Moos aus dem Eichenwäldchen zu holen." Der Amtsrichter schwieg einen Augenblick. „Es tut nicht gut, in die Fremde zu gehen", sagte er dann, „wenn man daheim schon am eigenen Herd gesessen hat. Mir ist noch immer, als sei ich hier nur zu Gaste, und morgen oder übermorgen sei die Zeit herum, dass wir alle wieder nach Hause müssten!" Sie fasste die Hand ihres Mannes und hielt sie fest in der ihrigen, aber sie antwortete nichts darauf.

„Gedenkst du noch an ein Weihnachten?", hub er wieder an. „Ich hatte die Studentenjahre hinter mir und lebte nun noch einmal, zum letzten Mal,

eine kurze Zeit als Kind im elterlichen Hause. Damals war jener Weihnachtsabend; ein junges schönes Mädchen war zu der Schwester auf Besuch gekommen. Weißt du, wie sie hieß?"
„Ellen", sagte sie leise und lehnte den Kopf an die Brust ihres Mannes.
Der Mond war aufgegangen und beleuchtete ein paar Silberfäden in dem braunen seidigen Haar, das sie schlicht gescheitelt trug, schmucklos in einer Flechte um den Schildpattkamm gelegt.

Er strich mit der Hand über dies noch immer selten schöne Haar. „Ellen hatte auch beschert bekommen“, sprach er weiter; „auf dem kleinen Mahagonitische lagen Geschenke von meiner Mutter und was von ihren Eltern von drüben aus dem Schwesterlande herübergeschickt war. Sie stand mit dem Rücken gegen den brennenden Baum, die Hand auf die Tischplatte gestützt; sie stand schon lange so; ich sehe sie noch“; und er ließ seine Augen eine Weile schweigend auf dem schönen Antlitz seiner Frau ruhen; „da war meine Mutter unbemerkt zu ihr getreten; sie fasste sanft ihre Hand und sah ihr fragend in die Augen. Ellen blickte nicht um, sie neigte nur den Kopf; plötzlich aber richtete sie sich rasch auf und entfloh ins Nebenzimmer. Weißt du es noch? Während meine Mutter leise den Kopf schüttelte, ging ich ihr nach; denn seit einem kleinen Zank am letzten Abend waren wir vertraute Freunde. Ellen hatte sich in der Ofenecke auf einen Stuhl gesetzt; es war fast dunkel dort; nur eine vergessene Kerze mit langer Schnuppe

brannte in dem Zimmer. ‚Hast du Heimweh, Ellen?', fragte ich.
‚Ich weiß es nicht!' Eine Weile stand ich schweigend vor ihr. ‚Was hast du denn da in der Hand?' – ‚Willst du es haben?'
Es war eine Börse von dunkelroter Seide. ‚Wenn du sie für mich gemacht hast', sagte ich; denn ich hatte die Arbeit in den Tagen zuvor in ihren Händen gesehen und wohl bemerkt, wie Ellen sie, sobald ich näher kam, in ihrem Nähkästchen verschwinden ließ. Aber Ellen antwortete nicht und gab mir auch nicht ihr Angebinde. Sie stand auf und putzte das Licht, dass es plötzlich ganz hell im Zimmer wurde. ‚Komm', sagte sie, ‚der Baum brennt ab, und Onkel Erich will noch Zuckerzeug bescheren!' Damit wehte sie sich mit ihrem Schnupftuch ein paarmal um die Augen und ging in die Weihnachtsstube zurück, und als wir dann später am Pochbrett saßen, war sie die Ausgelassenste von allen. Von meinem Weihnachtsgeschenk war weiter nicht die Rede. Aber weißt du, Frau?" – und er ließ ihre Hand los, die er bis dahin festgehalten,

– „die Mädchen sollten nicht so eigensinnig sein; das hat mir damals keine Ruh gelassen; ich müsste doch die Börse haben, und darüber –“

„Darüber, Paul? Sprich nur dreist heraus!“

„Nun, hast du denn von der Geschichte nichts gehört? darüber bekam ich nun auch noch das Mädchen in den Kauf.“

„Freilich“, sagte sie, und er sah bei dem hellen Mondschein in ihren Augen etwas blitzen, das ihn an das übermütige Mädchen erinnerte, das sie einst gewesen, „freilich weiß ich von der Geschichte.“

Die Tür wurde rasch geöffnet; ein kräftiger, etwa zehnjähriger Knabe trat mit einem brennenden Licht ins Zimmer. „Vater! Mutter!“, rief er, indem er die Augen mit der Hand beschattete. „Hier ist Moos und Efeu und auch noch ein Wacholderzweig!“ Der Amtsrichter war aufgestanden. „Bist du da, mein Junge!“, sagte er und nahm ihm die Botanisiertrommel mit den heimgebrachten Schätzen ab.

Frau Ellen aber ließ sich schweigend von dem Schreibtisch herabgleiten und schüttelte sich ein wenig wie aus Träumen. Sie legte beide Hände auf ihres Mannes Schultern und blickte ihn eine Weile voll und herzlich an. Dann nahm sie die Hand des Knaben. „Komm, Harro", sagte sie, „wir wollen Weihnachtsgärten bauen!"

Unter dem Tannenbaum

Der Weihnachtsabend begann zu dämmern. Der Amtsrichter war mit seinem Sohne auf der Rückkehr von einem Spaziergange; Frau Ellen hatte sie auf ein Stündchen fortgeschickt. Vor ihnen im Grunde lag die kleine Stadt; sie sahen deutlich, wie aus allen Schornsteinen der Rauch emporstieg; denn dahinter am Horizont stand feuerfarben das Abendrot. Sie sprachen von den Großeltern drüben in der alten Heimat; dann von den letzten Weihnachten, die sie dort erlebt hatten.
„Und am Vorabend", sagte der Vater, „als Knecht Ruprecht zu uns kam mit dem großen Bart und dem Quersack und der Rute in der Hand!"
„Ich wusste wohl, dass es Onkel Johannes war", erwiderte der Knabe, „der hatte immer so etwas

vor!“

Über der Stadt, die sie jetzt fast erreicht hatten, stand nur noch ein fahler Schein am Himmel. Es dunkelte schon; aber es begann zu schneien; leise und emsig fielen die Flocken und der Weg schimmerte schon weiß zu ihren Füßen. Vater und Sohn waren eine Weile schweigend nebeneinander hergegangen. – „Am Abend darauf“, hub der Amtsrichter wieder an, „brannte der letzte Weihnachtsbaum, den du gehabt hast. Es war damals eine bewegte Zeit; sogar das Zuckerwerk zwischen den Tannenzweigen war kriegerisch geworden: unsere ganze Armee, Soldaten zu Pferde und zu Fuß! – Von alledem ist nun nichts mehr übrig!“, setzte er leiser und wie mit sich selbst redend hinzu.

Der Knabe schien etwas darauf erwidern zu wollen, aber ein anderes hatte plötzlich seine Gedanken in Anspruch genommen. Es war ein großer bärtiger Mann, der vor ihnen aus einem Seitenwege auf die Landstraße herauskam. Auf der Schulter balancierte er ein langes stangenartiges Gepäck, während er mit einem Tannenzweig, den

er in der Hand hielt, bei jedem Schritt in die Luft peitschte. Auch einen Quersack trug der Mann, der anscheinend mit allerhand eckigen Dingen angefüllt war. Er ging rasch vor ihnen auf.
„Knecht Ruprecht!", flüsterte der Knabe, „hebe die Beine und spute dich schnell!"
Endlich war das Haus erreicht. Nachdem sie auf dem Flur die beschneiten Überkleider abgetan, traten sie in das Arbeitszimmer des Amtsrichters. Hier war heute der Tee serviert; die große Kugellampe brannte, alles war hell und aufgeräumt. Auf der sauberen Damastserviette stand das feinlackierte Teebrett mit den Geburtstagstassen und dem rubinroten Zuckerglase; daneben auf dem Fußboden in dem Komfort von Mahagonistäbchen mit blankem Messingeinsatz kochte der Kessel, wie es sein muss, auf gehörig durchgeglühten Torfkohlen; wie daheim einst in der großen Stube des alten Familienhauses, so dufteten auch hier in dem kleinen Stübchen die braunen Weihnachtskuchen nach dem Rezept der Urgroßmutter. – Aber während die Mutter nebenan im

Wohnzimmer noch das Fest bereitete, blieben Vater und Sohn allein; kein Onkel Erich kam, ihnen feiern zu helfen. Es war doch anders als daheim. Ein paarmal hatte Harro mit bescheidenem Finger an die Tür gepocht, und ein leises „Geduld!" der Mutter war die Antwort gewesen. Endlich trat Frau Ellen selbst herein. Lächelnd – aber ein leiser Zug von Weh war doch dabei – streckte sie ihre Hände aus und zog ihren Mann und ihren Knaben, jeden bei einer Hand, in die helle Weihnachtsstube. Es sah freundlich genug aus. Aber droben unter der Decke des hohen Zimmers war es dunkel; der Tannenbaum fehlte, der das Licht des Festes auch dort hinaufgetragen hätte.

Da klingelte draußen im Flur die Glocke und die Haustür wurde polternd aufgerissen. „Wer ist denn das?", sagte Frau Ellen; und Harro lief zur Tür und sah hinaus. Draußen hörten sie eine raue Stimme fragen: „Bin ich denn hier recht beim Herrn Amtsrichter?" Und in demselben Augenblicke wandte auch der Knabe den Kopf zurück und rief: „Knecht Ruprecht; Knecht Ruprecht!"

Dann zog er Vater und Mutter mit sich aus der Tür.
Es war der große bärtige Mann, der den beiden Spaziergängern vorhin oberhalb der Stadt begegnet war; bei dem Schein des Flurlämpchens sahen sie deutlich die rote Hakennase unter der beschneiten Pelzmütze leuchten. Sein langes Gepäck hatte er gegen die Wand gelehnt. „Ich habe das hier abzugeben!“, sagte er, indem er auch den schweren Quersack von der Schulter nahm.
„Von wem denn?“, fragte der Amtsrichter.
„Ist mir nichts von aufgetragen worden.“
„Wollt Ihr denn nicht nähertreten?“
Der Alte schüttelte den Kopf. „Ist alles schon besorgt! Habt gute Weihnacht beieinander!“ Und indem er noch einmal mit der großen Nase nickte, war er schon zur Tür hinaus.
„Das ist eine Bescherung!“, sagte Frau Ellen fast ein wenig schüchtern.
Harro hatte die Haustür aufgerissen. Da sah er die große dunkle Gestalt schon weithin auf dem beschneiten Wege hinausschreiten. Nun

wurde die Magd herbeigerufen, deren Bescherung durch dieses Zwischenspiel bis jetzt verzögert war; und als mit ihrer Hilfe die verhüllten Dinge in das helle Weihnachtszimmer gebracht waren, kniete Frau Ellen auf dem Fußboden und begann mit ihrem Trennmesser die Nähte des großen Packens aufzulösen. Und bald fühlte sie, wie es von innen heraus sich dehnte und die immer schwächer werdenden Bande zu sprengen strebte; und als der Amtsrichter, der bisher schweigend dabeigestanden, jetzt die letzten Hüllen abgestreift hatte und es aufrecht vor sich hingestellt hielt, da war's ein ganzer mächtiger Tannenbaum, der nun nach allen Seiten seine entfesselten Zweige ausbreitete. Lange schmale Bänder von Knittergold rieselten und blitzten überall von den Spitzen durch das dunkle Grün herab; auch die Tannäpfel waren golden, die unter allen Zweigen hingen.

Harro war indes nicht müßig gewesen, er hatte den Quersack aufgebunden; mit leuchtenden Augen brachte er einen flachen, grünlackierten Kasten geschleppt. „Horch, es rappelt!“, sagte er. „Es ist ein Schubfach darin!“ Und als sie es aufgezogen, fanden sie wohl ein Schock der feinsten weißen Wachskerzchen.

„Das kommt von einem echten Weihnachtsmann“, sagte der Amtsrichter, indem er einen Zweig des Baumes herunterzog. Aber es war nicht nur ein Schubfach in dem Kasten; es war auch obenauf ein Klötzchen mit einem Schraubengang. Der Amtsrichter wusste Bescheid in diesen Dingen; nach einigen Minuten war der Baum eingeschraubt und stand fest und aufrecht, seine grüne Spitze fast bis zur Decke streckend. Die alte Magd hatte ihre Schüssel mit Äpfeln und Pfeffernüssen stehen lassen; während die andern drei beschäftigt waren, die Wachskerzen aufzustecken, stand sie neben ihnen, ein lebendiger Kandelaber, in jeder Hand einen brennenden Armleuchter emporhaltend. – Sie war aus der Heimat mit herübergekommen und hatte sich von allen am schwersten in den Brauch der Fremde gefunden. Auch jetzt betrachtete sie den stolzen Baum mit misstrauischen Augen. „Die gol-

denen Eier sind denn doch vergessen!", sagte sie. Der Amtsrichter sah sie lächelnd an: „Aber, Margret, die goldenen Tannäpfel sind doch schöner!"
„So, meint der Herr? Zu Hause haben wir immer die goldenen Eier gehabt."
Darüber war nicht zu streiten; es war auch keine Zeit dazu. Harro hatte sich indessen schon wieder über den Quersack hergemacht. „Noch nicht anzünden!", rief er, „das Schwerste ist noch darin!"
Es war ein fest vernageltes hölzernes Kistchen. Aber der Amtsrichter holte Hammer und Meißel aus seinem Gerätkästchen; nach ein paar Schlägen sprang der Deckel auf und eine Fülle weißer Papierspäne quoll ihnen entgegen. „Zuckerzeug!", rief Frau Ellen und streckte schützend ihre Hände darüber aus. „Ich wittere Marzipan! Setzt euch; ich werde auspacken!"
Und mit vorsichtiger Hand langte sie ein Stück nach dem andern heraus und legte es auf den Tisch, das nun von Vater und Sohn aus dem umhüllenden Seidenpapier herausgewickelt wurde.
Sie konnten der Lockung nicht widerstehen; sie

begannen, schon jetzt den Baum damit zu schmücken, während Frau Ellens Hände noch immer neue Schätze ans Licht förderten.
„Und nun ist's alle!", rief Frau Ellen. Aber nein, ein schweres Päckchen noch! Sie öffnete es und verbarg es dann ebenso rasch wieder in beiden Händen. „Ein Prachtstück!", rief sie. „Aber nein, Paul; ich bin edelmütiger als du; ich zeig's dir nicht!"
Der Amtsrichter ließ sich das nicht anfechten; er brach ihr die nicht gar zu ernstlich geschlossenen Hände auseinander, während sie lachend über ihn wegschaute.
„Ein Hase!", jubelte Harro, „er hat ein Kohlblatt zwischen den Vorderpfötchen!"
Frau Ellen nickte: „Freilich, er kommt auch eben aus des alten Kirchspielvogts Garten!"
„Harro, mein Junge", sagte der Amtsrichter, indem er drohend den Finger gegen seine Frau erhob; „versprich mir, diesen Hasen zu verspeisen, damit er gründlich aus der Welt komme!"
Das versprach Harro.
Der Baum war voll, die Zweige bogen sich; die

alte Margret stöhnte, sie könne die Leuchter nicht mehr halten, sie habe gar keine Arme mehr am Leibe. Aber es gab wieder neue Arbeit. „Anzünden!“, kommandierte der Amtsrichter; und die kleinen und großen Weihnachtskinder standen mit heißen Gesichtern, kletterten auf Schemel und Stühle und ließen nicht ab, bis alle Kerzen angezündet waren. Der Baum brannte, das Zimmer war von Duft und Glanz erfüllt; es war nun wirklich Weihnachten geworden. Ein wenig müde von der ungewohnten Anstrengung saß der Amtsrichter auf dem Sofa, nachsinnend in den gegenüberhängenden großen Wandspiegel blickend, der das Bild des brennenden Baums zurückstrahlte.

Frau Ellen, die ganz heimlich ein wenig aufzuräumen begann, wollte eben die geleerte Kiste an die Seite setzen, als sie wie in Gedanken noch einmal mit der Hand durch die Papierspäne streifte. Sie stutzte. „Unerschöpflich!“, sagte sie lächelnd. Es war ein Star von Schokolade, den sie hervorgeholt hatte. „Und, Paul“, fuhr sie fort, „er spricht!“

Sie hatte sich zu ihm auf die Sofalehne gesetzt,

und beide lasen nun gemeinschaftlich den beschriebenen Zettel, den der Vogel in seinem Schnabel trug: „Einen Wald- und Weihnachtsgruß von einer dankbaren Freundin!“

„Also von ihr!“, sagte der Amtsrichter. „Ihr Herz hat ein gutes Gedächtnis. Knecht Ruprecht musste einen tüchtigen Weg zurücklegen; denn das Gut liegt fünf ganze Meilen von hier.“

Frau Ellen legte den Arm um ihres Mannes Nacken. „Nicht wahr, Paul, wir wollen auch nicht undankbar gegen die Fremde sein?“

„Oh, ich bin nicht undankbar; aber –“

„Was denn aber, Paul?“

„Was mögen drüben jetzt die Alten machen!“

Sie antwortete nicht darauf; sie gab ihm schweigend ihre Hand.

„Wo ist Harro?“, fragte er nach einer Weile.

Harro war eben wieder ins Zimmer getreten; aus einer Schachtel, die er mit sich brachte, nahm er eine kleine verblichene Figur und befestigte sie sorgfältig an einem Zweig des Tannenbaums. Die Eltern hatten es wohl erkannt; es war ein Stück von dem Zuckerzeug des letzten heimatlichen Weihnachtsbaums.

Der Vater war aufgestanden und hatte einen Fensterflügel aufgestoßen. Weithin dehnte sich das Schneefeld; der Wind sauste; unter den Sternen vorüber jagten die Wolken; dorthin, wo in unsichtbarer Ferne ihre Heimat lag. Er legte fest den Arm um seine Frau, die ihm schweigend gefolgt war; seine lichtblauen Augen lugten scharf in die Nacht hinaus. „Dort!“, sprach er leise; „ich will den Namen nicht nennen; er wird nicht gern gehört in deutschen Landen; wir wollen ihn still in unserm Herzen sprechen, wie die Juden das Wort für den Allerheiligsten.“ Und er ergriff die Hand seines Kindes und presste sie so fest, dass der Junge die Zähne zusammenbiss. Noch lange standen sie und blickten dem dunklen Zuge der Wolken nach. Hinter ihnen im Zimmer ging lautlos die alte Magd umher und hütete sorgsamen Auges die allmählich niederbrennenden Weihnachtskerzen.

Weihnachtsabend

An die hellen Fenster kommt er gegangen
und schaut in des Zimmers Raum;
die Kinder alle tanzten und sangen
um den brennenden Weihnachtsbaum.

Da pocht ihm das Herz, dass es will zerspringen;
„Oh“, ruft er, „lasst mich hinein!
Was Frommes, was Fröhliches
will ich euch singen
zu dem hellen Kerzenschein.“

Und die Kinder kommen, die Kinder ziehen
zur Schwelle den nächtlichen Gast;
still grüßen die Alten, die Jungen umknien ihn
scheu in geschäftiger Hast.

Und er singt: „Weit glänzen da draußen die Lande
und locken den Knaben hinaus;
mit klopfender Brust, im Reisegewande
verlässt er das Vaterhaus.

Da trägt ihn des Lebens breitere Welle –
wie war so weit die Welt!
Und es findet sich mancher gute Geselle,
der's treulich mit ihm hält.

Tief bräunt ihm die Sonne die Blüte der Wangen,
und der Bart umsprosset das Kinn;
den Knaben, der blond in die Welt gegangen,
wohl nimmer erkennet ihr ihn.

Aus goldenen und aus blauen Reben,
es mundet ihm jeder Wein;
und dreister greift er in das Leben
und in die Saiten ein.

Und für manche Dirne mit schwarzen Locken
im Herzen findet er Raum; –
da klingen durch das Land die Glocken,
ihm war's wie ein alter Traum.

Wohin er kam, die Kinder sangen,
die Kinder weit und breit;
die Kerzen brannten, die Stimmlein klangen,
das war die Weihnachtszeit.

Da fühlte er, dass er ein Mann geworden;
hier gehörte er nicht dazu.
Hinter den blauen Bergen im Norden
ließ ihm die Heimat nicht Ruh.

An die hellen Fenster kam er gegangen
und schaut' in des Zimmers Raum;
die Schwestern und Brüder tanzten und sangen
um den brennenden Weihnachtsbaum." –

Da war es, als würden lebendig die Lieder
und nahe, der eben noch fern;
sie blicken ihn an und blicken wieder;
schon haben ihn alle so gern.

Nicht länger kann er das Herz bezwingen,
er breitet die Arme aus:
„Oh, schließet mich ein in das Preisen und Singen,
Ich bin ja der Sohn vom Haus!“

Um 1843

Da stand das Kind am Wege

Weihnachtabend kam heran. – Es war noch nachmittags, als Reinhard mit andern Studenten im Ratskeller am alten Eichentisch zusammensaß. In einem Winkel des Gewölbes saßen ein Geigenspieler und ein Zithermädchen. Das Mädchen strich sich langsam mit den Fingern durch ihr schwarzes Haar. Dann griff sie einen Dreiklang und sang mit tiefer, leidenschaftlicher Stimme.

Während der Geigenspieler mit raschem Tempo das Nachspiel einsetzte, gesellte sich noch ein Ankömmling zu der Gruppe.

„Ich wollte dich abholen, Reinhard", sagte er. „Du warst schon fort; aber das Christkind war bei dir eingekehrt."

„Das Christkind?", sagte Reinhard. „Das kommt nicht mehr zu mir."

„Ei was! Dein ganzes Zimmer roch nach Tannenbaum und braunen Kuchen."

Reinhard setzte das Glas aus der Hand und griff nach seiner Mütze.

Draußen auf der Straße war es tiefe Dämmerung; er fühlte die frische Winterluft an seiner heißen Stirn. Hie und da fiel der helle Schein eines brennenden Tannenbaums aus den Fenstern, dann und wann hörte man von drinnen das Geräusch von kleinen Pfeifen und Blechtrompeten und dazwischen jubelnde Kinderstimmen. Scharen von Bettelkindern gingen von Haus zu Haus oder stiegen auf die Treppengeländer und suchten durch die Fenster einen Blick in die versagte Herrlichkeit zu gewinnen. Mitunter wurde auch eine Tür plötzlich aufgerissen, und scheltende Stimmen trieben einen ganzen Schwarm solcher kleinen Gäste aus dem hellen Hause auf die dunkle Gasse hinaus; anderswo wurde auf dem Hausflur ein altes Weihnachtslied gesungen; es waren klare Mädchenstimmen darunter. Reinhard hörte sie nicht, er ging rasch an allem vorüber, aus einer Straße in die andere. Als er an seine Wohnung gekommen, war es fast völlig dunkel geworden; er stolperte die Treppe hinauf und trat in seine Stube. Ein süßer Duft schlug ihm entgegen; das heimelte ihn an, das roch wie zu Haus der Mutter Weihnachtsstube. Mit zitternder Hand zündete er sein Licht an; da lag ein großes Paket auf dem Tisch, und als er es öffnete, fielen die wohl bekannten braunen Festkuchen heraus; auf einigen waren die Anfangsbuchstaben seines Namens in Zucker ausgestreut; das konnte niemand anders als Elisabeth getan haben. Dann kam ein Päckchen mit feiner, gestickter Wäsche zum Vorschein, Tücher und Manschetten, zuletzt Briefe von der Mutter und von Elisabeth. Reinhard öffnete zuerst den letzteren; Elisabeth schrieb:

„Die schönen Zuckerbuchstaben können Dir wohl erzählen, wer bei den Kuchen mitgeholfen hat; dieselbe Person hat die Manschetten für Dich bestickt. Bei uns wird es nun Weihnachtabend sehr still werden; Mutter stellt immer schon um zehn ihr Spinnrad in die Ecke; gar so einsam diesen Winter, wo Du nicht hier bist. Nun ist auch vorigen Sonntag der Hänfling gestorben, den Du mir geschenkt hattest; ich habe sehr geweint, aber ich hab ihn doch immer gut gewartet. Der sang sonst immer nachmittags, wenn die Sonne auf sein Bauer schien; Du weißt, die Mutter hängte oft ein Tuch über, um ihn zu geschweigen, wenn er so recht aus Kräften sang. Da ist es nun noch stiller in der Kammer, nur dass Dein alter Freund Erich uns jetzt mitunter besucht. Du sagtest einmal, er sähe seinem braunen Überrock ähnlich. Daran muss ich nun immer denken, wenn er zur Tür hereinkommt, und er ist gar zu komisch; sag es aber nicht zur Mutter, sie wird dann leicht verdrießlich. – Rat, was ich Deiner Mutter zu Weihnachten schenke! Du rätst es nicht? Mich selber! Der Erich zeichnet mich in schwarzer Kreide; ich habe ihm schon drei Mal sitzen müssen, jedes Mal eine ganze Stunde. Es war mir recht zuwider, dass der fremde Mensch mein Gesicht so auswendig lernte. Ich wollte auch nicht, aber die Mutter redete mir zu; sie sagte: Es würde der guten Frau Werner eine gar große Freude machen. Aber Du hältst nicht Wort, Reinhard. Du hast keine Märchen geschickt. Ich habe Dich oft bei Deiner Mutter verklagt; sie sagt dann immer, Du habest

jetzt mehr zu tun als solche Kindereien. Ich glaub es aber nicht; es ist wohl anders."

Nun las Reinhard auch den Brief seiner Mutter, und als er beide Briefe gelesen und langsam wieder zusammengefaltet und weggelegt hatte, überfiel ihn unerbittliches Heimweh. Er ging eine Zeitlang in seinem Zimmer auf und nieder; er sprach leise und dann halbverständlich zu sich selbst:

Er wäre fast verirret
und wusste nicht hinaus;
da stand das Kind am Wege
und winkte ihm nach Haus!

Dann trat er an sein Pult, nahm einiges Geld heraus und ging wieder auf die Straße hinab. – Hier war es mittlerweile stiller geworden; die Weihnachtsbäume waren ausgebrannt, die Umzüge der Kinder hatten aufgehört. Der Wind fegte durch die einsamen Straßen; Alte und Junge saßen in ihren Häusern familienweise zusammen; der zweite Abschnitt des Weihnachtabends hatte begonnen.

Nach einer Weile erreichte er den erleuchteten Laden eines Juweliers; und, nachdem er hier ein kleines Kreuz von roten Korallen eingehandelt hatte, ging er auf demselben Wege, den er gekommen war, wieder zurück.

Nicht weit von seiner Wohnung bemerkte er ein kleines, in klägliche Lumpen gehülltes Mädchen an einer hohen Haustür stehen, in vergeblicher Bemühung, sie zu öffnen. „Soll ich dir helfen?“, sagte er. Das Kind erwiderte nichts, ließ aber die schwere Türklinke fahren. Reinhard hatte schon die Tür geöffnet. „Nein“, sagte er, „sie könnten dich hinausjagen; komm mit mir! Ich will dir Weihnachtskuchen geben.“ Dann machte er die Tür wieder zu und fasste das kleine Mädchen an der Hand, das stillschweigend mit ihm in seine Wohnung ging.

Er hatte das Licht beim Weggehen brennen lassen. „Hier hast du Kuchen“, sagte er und gab ihr die Hälfte seines ganzen Schatzes in die Schürze, nur keine mit Zuckerbuchstaben. „Nun geh nach Hause und gib deiner Mutter auch davon.“ Das

Kind sah mit einem scheuen Blick zu ihm hinauf; es schien solcher Freundlichkeit ungewohnt und nichts darauf erwidern zu können. Reinhard machte die Tür auf und leuchtete ihr, und nun flog die Kleine wie ein Vogel mit ihren Kuchen die Treppe hinab und zum Hause hinaus.

Reinhard schürte das Feuer in seinem Ofen an und stellte das bestaubte Tintenfass auf seinen Tisch: dann setzte er sich hin und schrieb, und schrieb die ganze Nacht Briefe an seine Mutter, an Elisabeth. Der Rest der Weihnachtskuchen lag unberührt neben ihm; aber die Manschetten von Elisabeth hatte er angeknöpft, was sich gar wunderlich zu seinem weißen Flauschrock ausnahm.

Marthe und ihre Uhr

Während der letzten Jahre meines Schulbesuches wohnte ich in einem kleinen Bürgerhause der Stadt, worin aber von Vater, Mutter und vielen Geschwistern nur eine alternde, unverheiratete Tochter zurückgeblieben war. Die Eltern und zwei Brüder waren gestorben, die Schwestern, bis auf die jüngste, welche einen Arzt am selbigen Ort geheiratet hatte, ihren Männern in entfernte Gegenden gefolgt. So blieb denn Marthe allein in ihrem elterlichen Hause, worin sie sich durch das Vermieten des früheren Familienzimmers und mit Hilfe einer kleinen Rente spärlich durchs Leben brachte.

Da Marthe seit dem Tode ihrer Eltern wenig Menschen um sich sah und namentlich die langen Winterabende fast immer allein zubrachte, so lieh die regsame und gestaltende Fantasie, welche ihr ganz besonders eigen war, den Dingen um sie her eine Art von Leben und Bewusstsein. Ihr Spinnrad, ihr braungeschnitzter Lehnstuhl waren

gar sonderbare Dinge, die oft die eigentümlichsten Grillen hatten; vorzüglich war dies aber der Fall mit einer altmodischen Stutzuhr, welche ihr verstorbener Vater vor über fünfzig Jahren, auch damals schon als ein uraltes Stück, auf dem Trödelmarkt zu Amsterdam gekauft hatte. Diese Uhr war die beredtste Gesellschaft ihrer Besitzerin; sie mischte sich aber auch in all ihre Gedanken. Die Uhr hatte aber auch wirklich ihren eigenen Kopf; sie war alt geworden und kehrte sich nicht mehr so gar viel an die neue Zeit; daher schlug sie oft sechs, wenn sie zwölf schlagen sollte, und ein andermal, um es wieder gutzumachen, wollte sie nicht aufhören zu schlagen, bis Marthe das Schlaglot von der Kette nahm. Das Wunderlichste war, dass sie zuweilen gar nicht dazu kommen konnte; dann schnurrte und schnurrte es zwischen den Rädern, aber der Hammer wollte nicht ausholen; und das geschah meistens mitten in der Nacht. Marthe wurde jedes Mal wach; und mochte es im klingendsten Winter und in der dunkelsten Nacht sein, sie stand auf und ruhte nicht, bis sie die alte Uhr aus ihren Nöten erlöst hatte. Dann ging sie wieder zu Bett und dachte sich allerlei, warum die Uhr sie wohl geweckt habe, und fragte sich, ob sie in ihrem Tagewerk auch etwas vergessen, ob sie es auch mit guten Gedanken beschlossen habe.

Nun war es Weihnachten. Den Christabend, da ein übermäßiger Schneefall mir den Weg zur Heimat versperrte, hatte ich in einer befreundeten, kinderreichen Familie zugebracht; der Tannenbaum hatte gebrannt, die Kinder waren jubelnd in die lang verschlossene Weihnachtsstube gestürzt;

nachher hatten wir die unerlässlichen Karpfen gegessen und Bischof dazu getrunken; nichts von der herkömmlichen Feierlichkeit war versäumt worden. – Am anderen Morgen trat ich zu Marthe in die Kammer, um ihr den gebräuchlichen Glückwunsch zum Feste abzustatten. Sie saß mit untergestütztem Arm am Tische; ihre Arbeit schien längst geruht zu haben.

„Und wie haben Sie denn gestern Ihren Weihnachtsabend zugebracht?", fragte ich.

Sie sah zu Boden und antwortete: „Zu Hause."

„Zu Hause? Und nicht bei Ihren Schwesterkindern?"

„Ach", sagte sie, „seit meine Mutter gestern vor zehn Jahren hier in diesem Bette starb, bin ich am Weihnachtsabend nicht ausgegangen. Meine Schwester schickte gestern wohl zu mir, und als es dunkel wurde, dachte ich wohl daran, einmal hinzugehen; aber – die alte Uhr war auch wieder so drollig; es war akkurat, als wenn sie immer sagte: ‚Tu es nicht, tu es nicht! Was willst du da? Deine Weihnachtsfeier gehört ja nicht dahin!'"

Und so blieb sie denn zu Haus in dem kleinen Zimmer, wo sie als Kind gespielt, wo sie später ihren Eltern die Augen zugedrückt hatte, und wo die alte Uhr pickte ganz wie dazumalen. Aber jetzt, nachdem sie ihren Willen bekommen und Marthe das schon hervorgezogene Festkleid wieder in den Schrank verschlossen hatte, pickte sie so leise, ganz leise und immer leiser, zuletzt unhörbar. Marthe durfte sich ungestört der Erinnerung aller Weihnachtsabende ihres Lebens überlassen: Ihr Vater saß wieder in dem braungeschnitzten Lehnstuhl; er trug das feine Sammetkäppchen und den schwarzen Sonntagsrock; auch blickten seine ernsten Augen heute so freundlich; denn es war Weihnachtsabend, Weihnachtsabend vor – ach, vor sehr, sehr vielen Jahren! Ein Weihnachtsbaum zwar brannte nicht auf dem Tisch – das war ja nur für reiche Leute –, aber stattdessen zwei hohe dicke Lichte; und davon wurde das kleine Zimmer so hell, dass die Kinder ordentlich die Hand vor die Augen halten mussten, als sie aus der dunklen Vordiele hineintreten durften. Dann

gingen sie an den Tisch, aber nach der Weise des Hauses ohne Hast und laute Freudenäußerung, und betrachteten, was ihnen das Christkind einbeschert hatte. Das waren nun freilich keine teuren Spielsachen, auch nicht einmal wohlfeile, sondern lauter nützliche und notwendige Dinge, ein Kleid, ein Paar Schuhe, eine Rechentafel, ein Gesangbuch und dergleichen mehr; aber die Kinder waren gleichwohl glücklich mit ihrer Rechentafel und ihrem neuen Gesangbuch, und sie gingen eins ums andere, dem Vater die Hand zu küssen, der währenddessen zufrieden lächelnd in seinem Lehnstuhl geblieben war. Die Mutter mit ihrem milden, freundlichen Gesicht unter dem enganliegenden Scheiteltuch band ihnen die neue Schürze vor und malte ihnen Zahlen und Buchstaben zum Nachschreiben auf die neue Tafel. Doch sie hatte nicht gar lange Zeit, sie musste in die Küche und Apfelkuchen backen; denn das war für die Kinder eine Hauptbescherung am Weihnachtsabend; die mussten notwendig gebacken werden. Da schlug der Vater das neue Gesangbuch auf und stimmte mit seiner klaren Stimme an: „Frohlockt, lobsinget Gott“; die Kinder aber, die alle Melodien kannten, stimmten ein: „Der Heiland ist gekommen“; und so sangen sie den Gesang zu Ende, indem sie alle um des Vaters Lehnstuhl herumstanden. Nur in den Pausen hörte man in der Küche das Hantieren der Mutter und das Prasseln der Apfelkuchen. –

Ob es noch so gesellig in Marthens einsamer Kammer ist? Ich weiß es nicht; es sind viele Jahre her, seit ich in ihrem Hause wohnte, und jene kleine Stadt liegt weit von meiner Heimat. Was Menschen, die das Leben lieben, nicht auszusprechen wagen, pflegte sie laut und ohne Scheu zu äußern: „Ich bin niemals krank gewesen; ich werde gewiss sehr alt werden.“

Ist ihr Glaube ein richtiger gewesen, und sollten diese Blätter den Weg in ihre Kammer finden, so möge sie sich beim Lesen auch meiner erinnern. Die alte Uhr wird helfen; sie weiß ja von allem Bescheid.

Ein Fest
fürs Leben

Weihnachtslied

Vom Himmel in die tiefsten Klüfte
Ein milder Stern herniederlacht;
Vom Tannenwalde steigen Düfte
Und hauchen durch die Winterlüfte,
Und kerzenhelle wird die Nacht.

Mir ist das Herz so froh erschrocken,
Das ist die liebe Weihnachtszeit!
Ich höre fernher Kirchenglocken
Mich lieblich heimatlich verlocken
In märchenstille Herrlichkeit.

Ein frommer Zauber hält mich wieder,
Anbetend, staunend muss ich stehn;
Es sinkt auf meine Augenlider
Ein goldner Kindertraum hernieder,
Ich fühl's, ein Wunder ist geschehn.

1845

Weihnachten in Husum

Ich bin in diesen Tagen ein rechtes Weihnachtskind gewesen; darum wollt ihr, liebe Freunde, Euch auch nicht wundern, wenn dieser Brief zum Teil von einem Kinde geschrieben wird. Ich sitze hier in unserm Saal, der das Wohnzimmer für die Festtage ist, und vor mir steht der Weihnachtsbaum, und welch einer! Die schönste Tanne meines Gartens, mit der Spitze fast an die Decke reichend, mit den untern dicklaubigen Zweigen die Bütte (aus der Setzerschen Haushaltung durch Detlef entlehnt) überhängend. Zuckerzeug von Meier aus Altona; Schleswig-Holsteinische Dragoner, Trommelschläger, Frösche in natürlicher Größe, Eisele und Beisele, Affen und gelbe Wurzeln, etc. etc. kleine nackte Wachskinder, die jedes Mädchenherz entzücken müssen, schweben auf den Tannenspitzen, unzählige Glaskugeln, goldene Eier, goldene Wallnüsse und Pflaumen, denen ich die Arbeit dreier Feierabende widmete, während Propst Feddersen uns Arnims Appelmän-

ner vorlas, Rosinengirlanden, Rauschgoldstreifen, buntgefüllte weiße Netze, über deren richtige Konstruktion eine ganze Ratsversammlung gehalten wurde; und auf diesen wunderschönen Baum hatten wir außer der Hohlen Gasse den alten Propsten Feddersen (Käthe ist bei uns auf Besuch), den würdigen kleinen Doktor und Detlef eingeladen, der im schönsten Staat anhero erschien; unsre alte Großmutter, die ein Paar schlagartige Zufälle gehabt hat, war doch auch wieder so weit, um in der Kutsche erscheinen zu können. Nachdem fünf Personen 6 Stunden damit zugebracht hatten, nur um die Sachen an diesem ungeheuren Baum zu befestigen, wurden denn gestern Abend um 5 Uhr die 60 Wachslichter angezündet; und ich konnte mir mit aufrichtiger Befriedigung sagen: Ein solcher Weihnachtsbaum brennt vielleicht heut Abend in ganz Schleswig-Holstein nicht mehr! („Germania, das große Kind erfreut sich wieder seiner Weihnachtsbäume." (Heine, Romanzero.))
Übrigens war ich doch eigentlich nicht hochmütig

auf meinen Baum; die letzte Phrase ist mir nur heut so nachträglich aufs Papier gekommen. Ein eigenes Gefühl war es aber, dass der Baum noch lebendig ist, und nach Neujahr wieder in die Erde soll. Was wird der den Vögeln zu erzählen haben!
Hans, der bis der ersehnte Ruf erscholl, wie eine Stahlfeder, sooft die Tür aufging, gar nicht in der Vorstube zu halten war, wurde denn so mit Spielzeug von aller Seiten überhäuft, dass er eigentlich zu keinem einzelnen ein rechtes Interesse fassen konnte, er bekam 20 verschiedene, zum Teil größere Sachen, darunter vier Bilderbücher, und in der Tat die Creme vom diesjährigen Kinderbilderbüchermarkt; Glasbrenners Marzipan, Bürkners Fibel, Deutsches Weihnachtsbuch von Heger und ein älteres, Speckters Fabeln.
Der kleine Ernst hatte an allem die unaussprechlichste Freude, er saß auf der Diele und trommelte auf einer kleinen Trommel, und dann hielt er wieder still, und brach in lauten Triumph und Bewunderung aus und rief Papa oder Mama oder sonst einen entzückenden Laut aus seiner klei-

nen Kinderkehle. Der Baum mit seinen Lichtern machte die Luft in dem großen Saal fast glühend, sodass wir die Saaltüren öffnen mussten. Die alte Großmutter saß ganz selig im Sofa bei diesem Kinderschein, sie wünschte uns, dass wir noch viele so schöne Abende verleben möchten; aber es sei wohl ihr letzter; sie habe sich so darauf gefreut, noch einmal das Fest mit uns zu erleben, dass sie in den letzten Tagen jede Stunde bis zu diesem Abend gezählt habe. Nachdem der Baum etwa anderthalb Stunden gebrannt hatte, wurden die Lichter ausgetan, wogegen Hans freilich aufs Energischste protestierte, und nun gab es in dem ganz verfinsterten Saal Schattenspiel an der Wand und Transparentkasten.

Nach 7 Uhr fuhr dann die hohle Gasse nach Haus und die Kinder waren zu Bett gebracht; der Rest der Gesellschaft besah nun die Bilderbücher, die 24 ersten Münchener Bilderbogen und die Schiefertafelbilder die ich für den Weihnachtsabend angeschafft hatte. Wir saßen in der angenehmsten Wolke von Tannenbaum- und Weihnachtsku-

chenduft; dann kam noch das unerlässliche Festgericht, Fische und Futjen (so schreib ich diese Lieben); und dann war die Polizeistunde und die vollständigste Müdigkeit da. Für ein kleines Mädchen unsrer Waschfrau hatten wir auch einen Weihnachtsteller ausgerichtet; die war auch unser Gast, und wahrscheinlich der seligste. – Das war unser Weihnachten.

Brief an Hartmuth Brinkmann und Laura Setzer. Dezember 1851 aus Husum.

Zum Weihnachten

Mädchen, in die Kinderschuhe
tritt noch einmal mir behend!
Folg mir durch des Abends Ruhe,
wo der dunkle Taxus brennt.

Engel knien an der Schwelle,
hütend bei dem frommen Schein;
von den Lippen klingt es helle:
Nur die Kindlein gehen ein!

Doch du schaust mich an verwundert,
sprichst: „Vertreten sind die Schuh;
unter alt vergeßnem Plunder
liegt die Puppe in der Truh'."

Horch nur auf! Die alten Märchen
ziehn dich in die alte Pracht!
Wie im Zauberwald das Pärchen
schwatzen wir die ganze Nacht.

Von Schneewittchen bei den Zwergen,
wo sie lebte unerkannt
und war hinter ihren Bergen
doch die Schönst' im ganzen Land.

Von Hans Bärlein, der im Streite
einen Riesenritter schlug,
der die Königstochter freite,
endlich gar die Krone trug.

Von dem Dichter auch daheime,
der ein Mädchen, groß und schlank,
durch die Zauberkraft der Reime
rückwärts in die Kindheit sang.

Erinnerungen

Wie unendlich gemütlich war das einst vor Jahren, zu Hause, wenn in der großen Stube die Lichter angezündet waren, der Teekessel sauste, die braunen Kuchen und Pfeffernüsse standen auf dem Tisch, Vater und wir Kinder warteten dort auf Lorenzen und Onkel Woldsen, während drüben in der Wohnstube der Weihnachtstisch arrangiert wurde. Ich sehe noch die erleuchtete Außendiele, auf die wir immer, wenn die Haustür ging, ausguckten. Und mir ist, als habe an diesem Abend die Dielenlampe besonders hell gebrannt. Wie oft wurden wir getäuscht, wenn statt der erwarteten Gäste eine Schar singender Kinder in die Haustür drängte. Aber dann ging's erst einmal hinunter in die Küche, wo der große Kessel über dem Herdfeuer stand und wo schon die ersten Futjen auf der Siebschüssel lagen. – Da hörte man oben die Haustür gehen – gewiss da kommen sie – und nun wieder treppauf mit einem dampfenden Futjen in der Hand. Auf dem Wege noch einen Blick durch das

Hoftürfenster nach Clausens Comtoir; ja, da war's schon dunkel, der war schon mit Thomas drinnen und half die Kerzen anzünden. Wie kommt mir das alles jetzt groß und hell und weit und ewig begründet vor! Und so ist es auch, wenigstens in meinem Herzen. Jedes Mal, wenn ich Onkel Woldsens mir noch erhaltene Geschenke zu Gesicht bekomme, – den kleinen Globus, Körners Werke, Straß alte Geschichte – danke ich dem Mann für die Freude, die er mir als Kind an so manchem Weihnachtsabend gemacht hat, und jetzt, wo ich es so gern noch möchte und wo es nicht mehr möglich ist, kann ich nicht begreifen, dass ich ihm in späteren Jahren niemals wieder meinen Dank ausgesprochen habe; aber vergessen ist es nicht.

„Doch das ist nun vorüber und kehret nimmer so!" (Mörike)

Lebt wohl und gedenkt am Weihnachtsabend unserer so herzlich, wie wir Eurer gedenken werden.

Brief an die Eltern. 19. Dezember 1858 aus Heiligenstadt

Gertrud Storm (1865–1936): Weihnachten bei Theodor Storm

Mit viel Liebe hat Tochter Gertrud Storm die Weihnachtsfeste im Leben ihres Dichtervaters beschrieben. Ein schöneres Zeugnis von der Festgestaltung kann man einem Vater nicht ausstellen.

Es weihnachtet sehr – die Heimlichkeiten wachsen mit jedem Tage. Vater schließt sich immer häufiger in seiner Studierstube ein, und wir Kinder, die wir um die Zeit der heiligen Weihnacht gerne an den Türen lauschen, hören ihn die Tür des Nussbaumschrankes öffnen und leise wieder schließen. Dieser Nussbaumschrank birgt in seinem Innern alle Geheimnisse und Wunder fürs Weihnachtsfest. In der Essstube ist großes Kuchenbacken. Unsere Mutter und die Mädchen stehen mit aufgekrempelten Ärmeln. Sie rollen weißen und braunen Kuchenteig aus. Auch wir Kinder haben unseren Teil bekommen. Wir stehen an unserem kleinen Kindertisch, ein weißes Nachthemd über unsere Kleider, ein gezipfeltes Taschentuch auf dem Kopfe. Jedes von uns hat ein Klümpchen weißen und braunen Kuchenteig vor sich, der bald unter unseren geschäftigen kleinen Händen in die wunderbarsten Dinge gewandelt wird. Die Tür öffnet sich, und unser Vater tritt mit dem freundlichsten Leuchten seiner blauen Poetenaugen ins Zimmer. „Ihr seid ja alle gewaltig in der Fahrt", neckt er und bewundert unsere herrlichen Schöpfungen, von denen man meistens nicht zu erkennen vermag, was sie vorstellen sollen. „Morgen wollen wir vergolden und Netze schneiden", spricht der Vater verheißungsvoll. Wenn wir in ein bestimmtes Alter gekommen waren, durften wir vergolden helfen und Netze schneiden. Die langen schmalen Streifen Rauschgold wurden freilich nur von unserm Vater geschnitten, mit seiner großen alten Papierschere, die ich so deutlich vor mir sehe. Morgen ist heute geworden, und Vater nimmt uns mit in seine Studierstube. Auf dem Tisch ausgebreitet liegen Nüsse, Tannenzapfen, Eier und

Schaumgold. Wir setzen uns alle um den Tisch und beginnen nach Vaters Anordnung Watte in Eiweiß zu tauchen, mit der wir vorsichtig die Nüsse und Tannenzapfen betupfen. Dann wird ein Stück Schaumgold auf die befeuchtete Stelle gelegt und vorsichtig mit Watte angetupft. Nun werden zwölf Netze vom feinsten weißen Konzeptpapier geschnitten. Uns Kinder klopft das Herz dabei: „Wenn wir nun die Spitzen abschneiden!“ In die Netze kommen große, viereckige Bonbons, die wir in farbige Papiere wickeln.

Wir gehen still und nehmen den Zauber dieser Stimmung mit in unsere Träume, aus denen wir mit dem seligen Bewusstsein erwachen: „Heute ist er, der Heilige Abend.“ Nun beginnt ein buntes Treiben im Hause. Vater trägt alle seine Schätze selbst ins Weihnachtszimmer, in dem die zwölf Fuß hohe Tanne schon ihres Schmucks wartet. Vater und Mama schließen sich unten ins große Weihnachtszimmer ein, gleich wenn man in den Flur tritt links, und der Märchenbaum fängt an sich zu entfalten. Die Brüder Hans und Ernst kom-

men heim und Karl, unser stiller Musikant. Heute muss Vater alle seine Kinder um sich versammeln haben, um ein rechtes Weihnachtsgefühl zu empfinden. Die Fenster der Weihnachtsstube sind dicht verhangen, die vielen Türen, die ins Reich der Weihnachtswunder führen, verschlossen. Vom frühen Morgen an kommen Scharen von Kindern, die von Haus zu Haus ziehen und im Flur ihre hellen Kinderstimmen ertönen lassen: „Vom Himmel hoch da komm ich her." Ein großer Korb mit Wasserkringel steht schon bereit, mit denen die kleinen Sänger belohnt werden. Mittags wird nach althergebrachter Sitte Kaffee getrunken und Butterbrote gegessen. Der Kaffeekanne entströmt an diesem Tage ein wundersamer Duft, so duftet er nur einmal im Jahr, und die Butterbrote schmecken uns wie der schönste Kuchen.

Am Nachmittag wandern wir Kinder, jedes ein Körbchen am Arm, ins Kloster St. Jürgen. Auf den Straßen liegt tiefe Dämmerung, der Schnee knirscht unter unseren Füßen. Schwärme von Kindern begegnen uns, hier und dort dringt aus einer geöffneten Haustür Gesang zu uns heraus. Wir fassen uns an den Händen und laufen und kommen atemlos heim. Im Flur bleiben wir stehen und singen, als gehörten wir zu den Sängern. Die Köchin kommt aus der Küche gelaufen mit den üblichen Wasserkringeln. Sie jagt uns lachend und scheltend in die Kinderstube. Wir werden nun festlich geschmückt und gehen dann in die Studierstube unseres Vaters, wo wir schon unsere Großmutter mit ihrer getreuen Lebensgefährtin, von uns „Tante Tine" genannt, und zwei alte Freunde des Hauses in behaglichem Geplauder vorfinden. Seit dem Tode unseres Großvaters schaut Großmutter unserer Bescherung zu. Endlich ertönt der Klang der silbernen Glocke. Wir stürzen die Treppe herunter, die Flügeltüren fliegen auf, wir treten ein, Jung und Alt. Ein starker Duft von Tannen, brennenden Lichtern und braunen Weihnachtskuchen schlägt uns entgegen – und da steht er, der brennende Baum, im vollen Lichterglanz. Ein Freund unseres Hauses, Regierungsrat Petersen, und Vater tauschten alle Jahre kleine Weihnachtsüberraschungen aus. In einem Jahr brachte er Vater kurz vor Weihnachten das erste Paket „Lametta". Vater schreibt darüber: „Unser Tannenbaum hat in diesem Jahr besonderes Aufsehen erregt. Freund Petersen brachte am Sonntag vor Weihnachten eine Tüte märchenhafter Silberfäden. Mit diesen feinen Silberfädchen wurde der Baum umsponnen, dass er aussah wie fliegender Sommer." Unser Karl setzt sich ans Klavier und stimmt leise an: „Stille Nacht, heilige Nacht." Wir alle stimmen ein. Das Weihnachtslied ist verklungen, wir umstehen den Baum und lassen die Wunder der Weihnacht still auf uns wirken. Mein Schwester Ebbe sagte einmal bei solcher Gelegenheit: „Vater hat ein Weihnachtslicht in den Augen." Nun führt Vater jedes seiner Kinder zu seinen Gaben, uns kleine zuerst. Vater tritt leise zu uns unter den Tannenbaum, streicht uns sanft mit seiner schönen, schlanken Hand übers Haar und fragt: „Hab ich's getroffen?" Nachdem sich das erste Entzücken gelegt hat, bringt die Kö-

chin das messingene Kohlenkomfort, auf dem gar bald der blitzblank geputzte Teekessel ein melodisches Lied anstimmt, und der Duft feinsten Tees vermischt sich mit dem der Tanne und der braunen Weihnachtskuchen. [...] Da erklingt von draußen, vom Vorplatz, der Gesang einer tiefen melodischen Altstimme zu uns herein:

„O du fröhliche,
o du selige,
gnadenbringende Weihnachtszeit."

Ein helles Leuchten verklärt das liebe Angesicht unseres Vaters, er steht leise auf, öffnet die Tür und zieht ein gar liebliches kleines Bettelmädchen herein. Das Kind, mit von der Kälte geröteten Wangen, strahlenden Kinderaugen, das Gesichtchen von blonden Locken umrahmt, bleibt stumm und wie verzaubert im Türrahmen stehen. Wir alle umstehen sie, sie muss noch einmal ihre glockenreine Stimme hören lassen. Da heißt mein Vater sie ihr Schürzchen auftun, Mama nimmt vom Tisch einen vollen Teller Weihnachtskuchen und schüttet ihn in die ausgebreitete Schürze. Voll leuchtenden Dankes schaut das Kind zu Mama auf, wirft noch einen scheuen Blick auf all den Lichterglanz und die strahlenden Gesichter, und fort ist sie, die kleine Lichtgestalt, denn so erscheint sie uns trotz ihrer Lumpen. Die Lichter sind erloschen, die glitzernde Pracht des Baumes leuchtet nur noch im matten Dämmerlicht der Lampen. Unsere Mutter ruft zum Festessen. Wir Kinder trennen uns schweren Herzens vom Tannenbaum, unseren Puppen und

Büchern. Sauerbraten und ein großer Apfelkuchen – Tante Moritz genannt – bilden das Festessen, Punsch, nach Vaters kurzweg „Landvogt" genannt, ist das Festgetränk. Von Tante Moritz ist nach einer Weile keine Spur mehr, und nun geht es noch einmal zurück ins Weihnachtszimmer. Zum Schluss spielen Karl und meine Schwester Lisbeth „Nussknacker und Mausekönig" von Carl Reinecke. Vater liest den Text dazu. So ist es immer bei uns. Lautlos lauschen wir alle, eine träumerisch-selige Stimmung umfängt uns. Der letzte Ton, das letzte Wort ist verklungen. Unsere Mutter mahnt leise zum Schlafengehen. Draußen vor dem Fenster stäubt der Schnee. Jahre kommen und gehen. Es ist unserm lieben Vater nicht mehr vergönnt, alle seine Kinder um den heimatlichen Weihnachtsbaum zu versammeln. Stattdessen werden Kisten gepackt und Pakete gemacht und Weihnachtsbriefe geschrieben. An Hans nach Wörth in Bayern, wo er als Arzt lebt, an Ernst nach Toftlund und Lisbeth nach Heiligenhafen. Sie haben sich inzwischen selbst ein Heim gegründet und schmücken dort ihren Kindern den Baum. Und Vater klagt in einem Brief an seine Tochter Lisbeth: „So haben wir denn das Weihnachtsfest gehabt, und ich fühle es recht schmerzlich, dass wir gar so getrennt sind. Es ist sehr schön, der Mittelpunkt einer großen Familie zu sein, aber recht schwer, wenn so ein alter Mensch sich in so viele Teile spalten soll. Für mich fehlen zu viele von Euch, als dass das Weihnachtsfestgefühl so recht hätte aufkommen können." Noch einmal, ein letztes Mal, wird es für unsern lieben Vater „Weihnachten". Zum ersten Male fehlt eines seiner Kinder ganz, auch seine liebevollsten Gedanken vermögen es nicht mehr zu erreichen. Unser ältester Bruder Hans ist von uns gegangen. Vater legt den Arm um Mama, wir, die wir keine Kinder mehr sind, umstehen das Klavier, und Karl stimmt leise an. „Stille Nacht, heilige Nacht." Wie wir an die Stelle kommen „Schlaf in himmlischer Ruh", da breitet Vater weit die Arme aus, Tränen stürzen aus seinen lieben Augen, und leise hören wir ihn die Worte sprechen: „Unten in

Bayern, da ist ein einsames Grab, darüber weht der Wind, und der Schnee fällt in dichten Flocken drauf."* Wir singen nicht weiter, wir gehen zu ihm und nehmen sanft seine lieben Hände, und eine schmerzliche Ahnung, dass wir wohl so zum letzten Male mit unserem lieben kleinen Vater unter dem brennenden Lichterbaum stehen, durchzittert unsere Herzen. So endet das letzte Weihnachtsfest mit unserem Vater.

**Gemeint ist Storms ältester Sohn Hans. Er starb zwei Jahre vor seinem Vater 1886 mit 39 Jahren an Schwindsucht.*

Zeittafel

1817	Am 14. September wird Theodor Storm in Husum geboren.
1833	Das erste, an seine Jugendliebe gerichtete, Gedicht Storms entsteht: „An Emma“.
1834	Im Husumer Wochenblatt wird mit „Sängers Abendlied“ erstmals ein Gedicht von Storm veröffentlicht.
1837	Immatrikulation an der Universität Kiel zum Jurastudium.
1838	Wechsel an die Universität Berlin. Reise nach Dresden.
1839	Rückkehr nach Kiel. Beginn der Freundschaft mit Theodor und Tyche Mommsen.
1843	In Husum arbeitet Storm als Anwalt in der Kanzlei seines Vaters.
1846	Heirat mit Constanze Esmarch.
1847	Liebesbeziehung zu Dorothea Jensen. Es entsteht eine Reihe von Liebesgedichten.
1848	Geburt von Sohn Hans.

1850 Beginn der Korrespondenz mit Eduard Mörike.

1851 Geburt von Sohn Ernst. „Sommer-Geschichten und Lieder“, darin u. a. die 1849 entstandene Novelle „Immensee“ und „Der kleine Häwelmann“.

1852 Aus politischen Gründen kann Storm nicht mehr als Anwalt Arbeiten. Reise nach Berlin.

1853 Geburt von Sohn Karl. Übersiedlung nach Potsdam, wo Storm preußischer Gerichtsassessor wird.
Bekanntschaft mit den Mitgliedern der literarischen Vereine „Tunnel über der Spree“ und „Rütli“, darunter Theodor Fontane. Beginn des Briefwechsels mit Paul Heyse.

1854 Bekanntschaft mit Joseph von Eichendorff.

1855 Geburt von Tochter Lisbeth.

1856 Umzug nach Heiligenstadt im Eichsfeld und Anstellung als Kreisrichter.

1860 Geburt von Tochter Lucie.

1863	Geburt von Tochter Elsabe.
1864	Wahl zum Landvogt von Husum. Rückkehr nach Husum.
1865	Geburt von Tochter Gertrud. Tod Constanzes.
1866	Heirat mit Dorothea Jensen.
1868	Geburt von Tochter Friederike. Ernennung zum Amtsrichter.
1872	Reise nach Salzburg und München.
1874	Ernennung zum Oberamtsrichter.
1876	Reise nach Würzburg.
1877	Beginn des Briefwechsels mit Gottfried Keller.
1879	Ernennung zum Amtsgerichtsrat.
1880	Pensionierung und Umsiedlung nach Hademarschen.
1886	Aufenthalt in Weimar. Tod von Sohn Hans.
1887	Reise nach Sylt.
1888	Letzter Aufenthalt in Husum. Fertigstellung des „Schimmelreiter" und der Novelle „Es waren zwei Königskinder".
1888	Am 4. Juli stirbt Theodor Storm in Hademarschen.

Bildbeschreibungen mit Fotonachweis

Cover: © Sandra Cunningham/Fotolia.de
S. 2: © picture alliance/akg-images
S. 6/7: © jojjik/Fotolia.de
S. 11: Das Schloss vor Husum © AnnaReinert/Fotolia.de
S. 15: © picture alliance/dpa
S. 17: © Victorian Traditions/Shutterstock.com
S. 19: © Bas Meelker/Shutterstock.com
S. 21: Statue des hl. Kilian in Würzburg © Franz/Fotolia.de
S. 23: Wetterfahne an der vereisten und verschneiten Nordsee, Husum © mauritius images/imageBROKER/Wolfgang Diederich
S. 25: Schloss Belvedere bei Weimar © mauritius images/Novarc
S. 27: Brandenburger Tor in Berlin © mauritius images/Alamy RF/travelstock44
S. 29: Denkmal des Dichters vor dem Literaturmuseum in Heilbad Heiligenstadt © picture alliance/ZB
S. 33: Weihnachtsmarkt auf dem Gendarmenmarkt in Berlin © S.Borisov/Shutterstock.com
S. 36/37: © Andreas P/Fotolia.de
S. 39: Theodor Storm-Museum in Husum © picture alliance/DUMONT Bildarchiv
S. 43: © Tony Baggett/Fotolia.de
S. 47: Wohnhaus der Familie Storm in Husum von 1866 bis 1880 © picture alliance
S. 49: Weihnachtsmarkt vor dem Rathaus in München © Antonio Gravante/Fotolia.de
S. 53: Leuchtturm List Ost am Ellenbogen auf Sylt © Markus/Fotolia.de

S. 59: © Victorian Traditions/Shutterstock.com
S. 63: Tor zum Würzburger Hofgarten © Franz/Fotolia.de
S. 67: Fiaker-Pferde in Salzburg © Sidra Monreal Photography/Shutterstock.com
S. 75: St. Nikolaikirche und das Alte Rathaus in Potsdam © bbs-ferrari/Fotolia.de
S. 77: © Inga Nielsen/Fotolia.de
S. 81: Monopteros im Englischen Garten in München © karamba2106/Fotolia.de
S. 85: Dresden im Winter – Hofkirche, Brühlsche Terrasse © Torsten Lohse/Fotolia.de
S. 87: Schloss vor Husum bei Nacht © mauritius images/Udo Siebig
S. 91: Franziskanerkirche in Salzburg © Michele Campini /Fotolia.de
S. 94/95: Semperoper in Dresden © Alexander Erdbeer/Shutterstock.com
S. 97: Siegessäule in Berlin © travelguide/Fotolia.de
S. 99: Winter in Husum © mauritius images/Zoonar GmbH/Alamy
S. 103: Evangelische Kirche St. Martin und historische Fachwerkbauten am Friedensplatz in Heilbad Heiligenstadt © picture-alliance/ZB
S. 105: Rathausplatz und Stadttheater in Kiel © Petra Nowack/Fotolia.de
S. 113: Dresdner Frauenkirche © Frank/Fotolia.de
S. 117: © Tony Baggett/Fotolia.de
S. 121: © Aksenova Natalya/Shutterstock.com

Inhaltsverzeichnis: